熱天酣眠 愛錢A恰恰

導讀冊 阮劇團台語劇本集 I

作　　者　阮劇團
採訪撰文　郝妮爾
專文撰寫　温宗翰、楊士範、MC JJ
劇照攝影　馬雨辰（《熱天酣眠》）、黃煚哲（《愛錢A恰恰》、《丏國 party》）
採訪攝影　馬雨辰、陳冠任

副 社 長　陳瀅如
總 編 輯　戴偉傑
主　　編　李佩璇
行銷企劃　陳雅雯、張詠晶
美術設計　廖小子
內文排版　李偉涵
印　　製　漾格科技股份有限公司

出　　版　木馬文化事業股份有限公司
發　　行　遠足文化事業股份有限公司（讀書共和國出版集團）
地　　址　23141 新北市新店區民權路 108-4 號 8 樓
電　　話　(02)2218-1417
傳　　眞　(02)2218-0727
郵撥帳號　19588272 木馬文化事業股份有限公司
法律顧問　華洋法律事務所 蘇文生律師

初　　版　2024 月 4 月
本導讀冊爲《阮劇團台語劇本集一》之一部分，不單獨販售。
文化部國家語言整體發展方案支持　文化部 MINISTRY OF CULTURE

版權所有，侵權必究
特別聲明：有關本書中的言論內容，不代表本出版集團之立場與意見，文責由作者自行承擔。
本書如有缺頁、裝訂錯誤，請寄回更換

團員訪談

這是阮的海，彼是逐家的笑聲

蔡明純、MC JJ、余品潔談喜劇裡的台語，台語中的喜劇

●受訪者：團長蔡明純（圖左）、副團長MC JJ（圖右）、副藝術總監余品潔（圖中）●採訪撰文：郝妮爾（小說家、散文家）●攝影：馬雨辰、陳冠任

採訪時間是二〇二四年一月的午後，嘉義的午後晴朗，MC JJ率先打開話匣。他身爲阮劇團的副團長，同時也是團隊的編劇之一，主領台語文創作、文化轉譯之擔當，說起話來總有幾分「阮式幽默」。

例如，他爲我們介紹，說嘉義的「藍天」，是疫情以後才重見天日，否則過去幾年，每逢冬日，總有自海上飄來的廢氣，即便風和日暖，抬頭也是一片霧灰，「所以我都用『嘉義的天空藍不藍』，來判斷『遠方的生產線順不順利』。」此話沒逗弄人的意圖，聽起來卻悲傷又好笑。

事實上，「謔而不虐」的玩興一直都是阮劇團的喜劇重點，自家招牌劇作《熱天酣眠》（以下簡稱《熱天》）以及《愛錢A恰恰》（以下簡稱《恰恰》）皆有同樣的魅力。前者改編莎士比亞的《仲夏夜之夢》，後者出自莫里哀的《吝嗇鬼》，兩者都是西方喜劇之經典大作，亦與小人物的苦樂不謀而合。

這個午後，團長蔡明純（Vivian，以下簡稱「Vi」）、副團長MC JJ（以下簡稱「J」）以及副藝術總監余品潔（以下簡稱「品」）共聚一室，我們談「阮」的喜劇，是如何從大夥身上開枝散葉的？也聊聊多數成年後已淡忘台語的團員們，怎麼把台語文，從舞台上牽引到日常生活之中。

Q **請三位先分享台語文與自己的關係。據悉，在二〇一三年嘉義首演場的《熱天酣眠》，有很多團員的台語，都是聽「錄音檔」硬學的？最早在排練場上，大家也都是先使用華語進行對話，到後期才轉爲台語？很好奇台語是如何與各位的生活融合在一起？**

●**J：**那時候，《熱天》的導演甚至聽不懂台語。

●**品：**對，陳信伶，她客家人。其實當時我們都差不多

啦，一群人傻不拉幾地做戲、台語講得不好，也沒有台語老師教，都是聽ＪＪ的錄音硬學的。

●**Ｊ**：我那時候會錄兩個版本，一個是不帶情感的中性語調版，主要是讓演員可以聽出每一個發音的細節，而且要尊重他們表演的專業，讓他們有空間詮釋；可是，又怕他們抓不到那個語感，所以又會錄一個有帶入情感的音檔給演員參考。

●**Vi**：講到台語的使用，我們這個世代的人，像是ＪＪ這樣的狀況比較少，就是從小到大一直都沒有離開過台語環境的；多數可能是像品潔那樣，父親是外省人，即便母親會說台語，也比較少對孩子說。又或者像我，比較接近一般的中南部的小孩，即便母語是台語，上學以後還是會自然地使用華語。我真的是因為進入阮劇團的關係，才越來越有意識地去使用台語。現在生活中講台語的比例，大概是……

●**Ｊ**：七十三．八？

●**Vi**：應該超過八十？（笑）

●**品**：八十四．九？（起哄）

●**Ｊ**：有小數點聽起來比較專業。

●**品**：好啦好啦，回到我身上。雖然我是嘉義人，但其實我對自己長大的地方非常陌生，好像過去都是「利用」它長大的，什麼歷史、什麼城市、或者人怎麼生活的，以前完全不會去關心，教育過程中，也很缺乏劇場、文化底蘊的思想。

老實說，我們早期用《熱天》、《恰恰》這種台語喜劇去撞觀眾，一開始只是想找到生存下去的可能，但在《熱天》之後，真的是台語讓我看到「我長大的地方」欸。

像是ＪＪ在劇本裡寫的台詞語境，很常能連結到自家附近的誰誰誰啊，好像一邊演出，一邊就會摸到長大的生活記憶，讓我慢慢相信，我們劇團不用急著尋求外面的協助，應該先回來認識我們長大的這個地方。

我之前因為在北藝大念書的關係，身上很多東西都是西方移植，書架上就是莎士比亞、

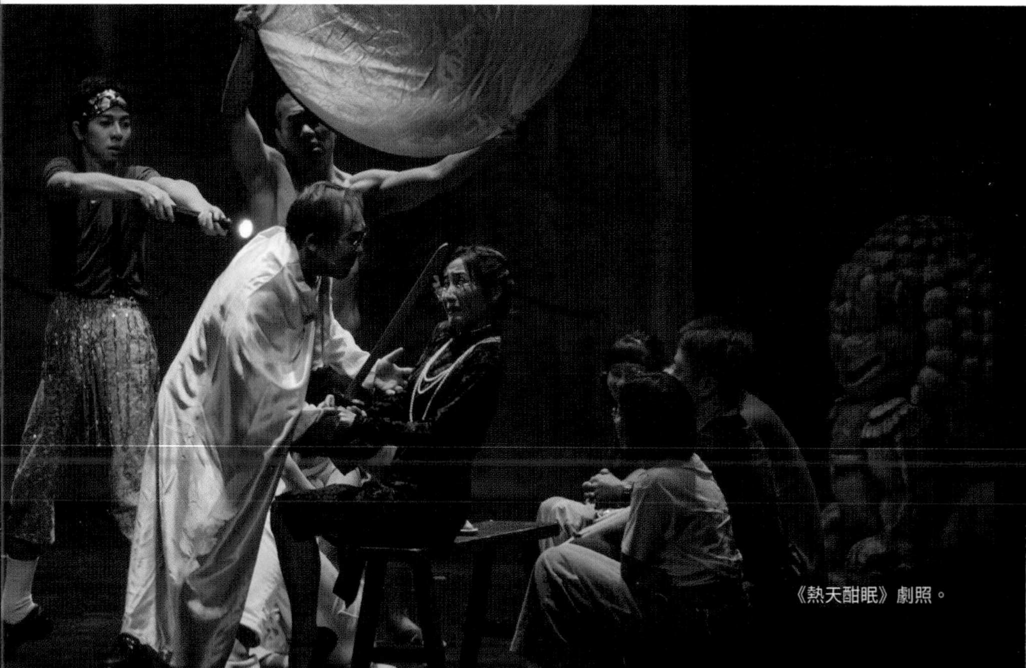

《熱天酣眠》劇照。

莫里哀這些，一直到回來嘉義後才開始去認識這塊土地，去思考這跟我生命的勾連為何？越理解，我的底氣就越充實。這也是深入使用台語以後，這個語言帶給我的感受吧？

●**J：**我最近理出來一個脈絡，台語給我的感覺，很像是從小住在海邊，被哥哥姊姊帶著，自然就會游泳，但是自己游的話，總有個限度在。現在劇團有專業的台語老師來教儲備團員，那種感覺，就像是從小就不會游泳的人，有教練帶著他們學，姿勢也越來越標準，很多人都比我還要會游了。

我小時候有環境，那是我的養分，現在，則是團隊提供資源給完全不會游泳的人從零開始，都學得很好。

●**品：**我後來跟台語老師認真學之後，才知道我們早期真的只是拿著本能撞進去台語這個世界。我當時只聽得懂「痕跡」，聽不出細節，只能把台詞硬背起來，用當時能力所及的淺薄知識去消化它。

但是，因為我們遇到的台語老師都是很溫柔的把這個語言帶到我們身邊來，讓我開始也喜歡講台語。後來，有表演以外的機會，像對談或者是主持，我也會盡量讓自己習慣用全台語進行——其實還是很難啦，我就是慢慢地去轉動這件事情嘛，不希望台語只是一種演出的工具。

不過，也是這幾年才想開的啦，不然我以前聽 JJ 的錄音檔，聽他那個氣口（khuì-kháu），真的感覺「完蛋了此生追不上」……崩潰！

●**Vi**：某種程度來說，我也會覺得，以劇團的身分站出去，就該說標準的台語，可是說實在的，你在英語國家找得到「標準的英文」嗎？很少人會說自己講的是標準的英文。我在國外念書時，很多同學來自世界各地、有不同的口音，也從來不會有老師糾正我們的發音不對。重點是，我們想表達的內容是什麼？

本來，我也會很糾結，想要講出最正統的台語，但我現在慢慢覺得，台語可以是一件輕鬆的事，只要把使用這個語言的「意識」放進去，就會增加更多使用的機會。就劇團工作溝

品潔

劇場藝術讓我去理解台語，讓我從這個語言去看到以前我只講華語時看不見的，不同生命力、不同故事，不同人生活的痕跡。

通來說，因為我們團員也有香港和馬來西亞人，我們也沒有覺得你來阮劇團「就一定要說台語才可以」，現在我們就是更自然地去切換。

●J：就是「沉浸式台語劇場」。

Q 請談談《熱天》與《恰恰》的改編。兩個作品都是取自於西方經典，你們不只是在語言上進行翻譯，而是進行整個「文化轉譯」的工作，保留結構，重新注入台灣文化的元素。當時的創作過程經歷了哪些事呢？大家又是如何決定要從莎士比亞的文本開始做起？

●品：二〇一三年那時候，阮劇團回到嘉義沒多久，因為劇團太需要生存下去，我們不知道要去哪裡找觀眾，想要賣票、想被觀眾看見，所以選擇做台語戲，馬上要練習台語，我是一點疑問都沒有。問題是，要演哪一齣戲？當時才剛從學校畢業，口袋裡裝的全部都是外文翻譯過來的劇本。換句話說，當時我們的知識庫內只有這些書單，又太想找到一個破口，自然而然就往「經典改編」發展。

至於莎士比亞，其實以前在學校老師常提醒：「莎士比亞並非一開始就是個偉大的劇作

家，他當時是一個寫字的人，那個時候劇作家或是演員的位置是非常低的，他們是服務人的……」講是這樣講啦，可是我們不懂啊。我們遇見他或者是莫里哀的時候，這些人已經住在殿堂裡。

可是，做完《熱天》之後，我開始同意這個說法：莎士比亞是跟人民站在一起的劇作家，他看見自己身處時代的小人物，而且用很多不同的方式，讓各種不同的人在他的劇本裡活起來。

後來覺得，《熱天》會成功，是因為我們傻傻地抓到它一個很重要的精神：「一群小人物，想要做一件事情。」它是阮劇團很重要的一個原型，十一年前做《熱天》的陣容和路徑，幫阮劇團打下很重要的信仰。不要忘記一群小小的人，怎麼樣做一齣戲的……

●**J**：熱情。

●**品**：謝謝！

●**J**：談文化轉譯的話，我比較有著力點的是台語語言這一環。最早我跟汪兆謙合作的劇本是《歐風晚餐》，那時候他丟一個音樂給我，要我設計台語詞的時候依循著這個音樂的感覺走。

到了《熱天》，導演陳信伶很明確地跟我說，希望劇本把「聲音的調性」寫

Vi
在阮劇團二十歲的時刻，我們討論要拿哪個作品來面對觀眾？大家沒有懸念地就都選了《熱天》。

出來，比方說神仙講話是神韻，貴族講話是雅韻，常民是俗韻，雖然都是台語，不過調性不一樣。

後來再到《恰恰》，我野心就大起來了，想找到劇本的整體語感，但是台語的光譜很寬，我一直抓不出來。後來因緣際會，才在王友輝老師跟于善祿老師的引導下，以台語的「逗」去切入完成。

雖然是這樣講啦，創作的成果是無法騙人的，現在回頭看，也會看到過去的不足。像是《恰恰》在高雄演的時候，我的戲劇老師呂毅新有來看，看完後給我兩個字，說：「太滿。」那時候做完《熱天》，我們很有企圖心，什麼都想辦法給他催落去（tshui-lo̍h-khì），很怕觀眾覺得不好笑，於是笑點寫滿整場。那個年紀的我們總覺得：「笑整場不好嗎？」

JJ

寫《恰恰》時兆謙說希望有角色的「出場詩」，有點像人物設定。我就設計很多東西，包括各種貫口。可以說，《恰恰》的台語是比較有挑戰性、有鑑別度的。

《愛錢 A 恰恰》劇照。

後來，才明白老師的「太滿」是什麼意思。

●品：JJ說劇本上的「太滿」，其實在表演上的時候也會有類似的問題，那就是我們有可能「不信任觀眾」。也是一直到這幾年，我才開始相信觀眾，觀眾的想像世界是非常飛躍的，不能要他們跟我們走，應該是我們在跟著觀眾走。

不管是哪個演員，都不會知道觀眾在想什麼，但一個好的劇本，無論是詩意的或者是抽象的，觀眾都可以跟自身的生命找到連結，而那樣子的連結，是需要演員給予空間的。

●Vi：阮劇團的劇本，有個概念一直很打動我，就是——沒有必要讓觀眾知道，作品的原型是莎士比亞或者莫里哀，我們沒有要把經典的高度擺出來。以莎士比亞為例，他已經變成一種文化資產，很多改編也不會特別提及他，經典也可以做得很商業化，例如好萊塢喜劇電影《足球尤物》就是改編莎劇的《第十二夜》。

JJ

經典好比有療效的良藥，才能在世界留傳幾百年，但是人可能怕苦而不吃，台語改編就像巧克力，把經典包起來，觀眾以為吃的是巧克力，在享受的過程裡，已經把良藥吃進去。

Vi

最後廟公五感錯亂的關門台詞，我一直很有感：「好像有一個人，夢到一個我……那個人才是真的，我是假的？」

品潔

因為《熱天》台語劇本的輔助，我才第一次真正讀懂《仲夏夜之夢》。這兩男兩女在追逐愛情的路上，真的都是傻子，跟四百年後的我們一樣。莎士比亞在四百年前，就敲響了一個非常巨大的鐘聲。

莎劇最大的價值，就是各地、各種文化都能取得共鳴。

●J：說到「改編經典憑什麼」，可能是「目暗毋驚銃」（眼盲不怕槍，指越不懂越不怕），這多少跟我自己的個性有關——以前考試的時候，遇到不會寫的題目，也會樂觀地覺得，應該會被我猜中吧，哈哈。改編的當下，都抱持著「全世界恁爸上強！」的心情在設計台詞。現在寫歌詞也一樣，歌詞一交出去，我就開始寫金曲獎得獎感言了。（笑）創作不就是這樣嗎，追求瞬間的腦內啡分泌，不然創作要幹嘛？又沒多少錢。設計出漂亮台詞的瞬間，我都會感受到大腦的腦內啡正在噴射，即便只有十秒鐘，但是創作者所追求的，不就是這一次又一次的十秒鐘快感嗎？

Q回到喜劇本身，一般來說，幽默感會隨著時代變遷而改變；而《熱天》在二〇一三年首演之後又陸陸續續演了很多次，在不同時期都回響熱烈。你們認爲，自己是否掌握了一些喜劇的重要價値？另一方面，嘉義這塊土地，是否也爲你們的喜劇特質灌輸了何種養分？

●**J：**我覺得是因為我們在創作的過程中，都很嚴肅看待每件事情，才會顯得有趣。像是《熱天》有一句台詞是：「我愛你到海水會焦，石頭會爛，金魚會爬壁，PM2.5我會幫你欶甲焦焦焦。」這是二〇一七年的版本，二〇一三年版是講美麗灣，這些都是我們很在乎而且嚴肅看待的事。

●**品：**每次拿到劇本，其實我不會先思考它是喜劇、悲劇還是悲喜劇，我覺得，一個人只要夠執著，就會很好笑。演完《熱天》之後，我大概就知道這個道理了。不過，也是要夠幽默的人，才能夠抓到這種感覺，不然你看什麼都顯得緊繃。我做喜劇時，無論是《熱天》或是《恰恰》，都覺得有個很大的試驗，在於——我要找到這個角色的執念，而他們的執念通常非常簡單。例如《熱天》的Helen，她一心想著「我真的非常喜歡你，我用盡辦法讓你看見我」，我只抓住這件事情，而不去想說它好不好笑，事件本身就會變得有趣。

●**Vi**：不只是戲劇，阮劇團本身也是啊。我們處理每件事情都很認真。不過努力到一個盡頭還是只能這樣的時候，也只會想：「就按呢啊無欲按怎。」（就這樣啊不然要怎樣）

●**J**：就是有種，「我們不一定能做到最好，但是我們很認真」的態度。

●**Vi**：並在那個認真中挖苦自己。

●**品**：我想到一個例子。有一年，我們團幾乎付不出薪水給外部人員，眼看就要小年夜，然後終於收到一張救命支票，行政趕快衝去銀行兌現。結果——因為小年夜嘛，太多人在銀行了，可是支票又一定要兌換，趕著要線上匯款給所有的工作人員，行政很緊張啊，直接在銀

行大喊：「拜託你可以先讓我兌現嗎！」銀行人員真的先讓他處理。領到錢，他立刻在群組上說：「兌現了！」我們就歡呼：「太好了！」

那個當下真的是很慘啦，只是事後想想都很好笑。

●**Vi**：汪兆謙有一個更荒謬的。當時他就是半夜要去領錢啊，但每張卡的餘額不夠嘛，就這張卡領一點、那張卡領一點，結果竟然引起警察的注意，以為他是車手。哈哈哈。

●**品**：我以前都覺得那些好笑、醜不拉幾的，是生活在嘉義才會有的形狀，但現在覺得，那就是在台灣各個角落都有的、人的模樣。

更重要的是，我們在家，可以休息。這些乍聽之下很耗損我們內在的事情，事後大家一起去喝個酒、各自回家，放假回來好像就又沒事了。我覺得這個土地一直在休養生息我們，即便不久前發生的傷痛感似乎還在，可是這個土地永遠給我一個新的開始。

大概也是因為這樣，我有時候很氣我自己，為什麼永遠都抱持著希望？不然早就走了，早就不做戲了。

●**Vi**：你說的這個，也是我想講的。

我們選擇在嘉義，看似是離資源豐沛的台北很遠，可是我覺得阮劇團之所以會起來，也是因為它在嘉義。因為再怎麼苦、再怎麼累，你一回頭，這就是家了。

JJ

一開始我跟兆謙說，我不是劇場人，我是嘉義人，這個劇團是要對嘉義有幫助的，我才會挺你。但這些年看大家經歷這麼多，我對劇場人的情感已經濃過我身為嘉義人的情懷。所以有時看到他們做戲很辛苦，我反而會鼓勵他們去別處發表。而留下來，是團員的選擇。

還有一個原因是，我們創團的核心成員，都是——都是老大，對嗎？

●**品**：對，我們都是老大，只有ＪＪ是老么。

●**Vi**：也許就是這樣的土地環境，以及家庭個性，造就我們的樂天特質吧？再怎麼樣，有家可以回。換句話說，嘉義不是我們次要的選擇，只是因為緣分的關係，阮劇團的人剛好回到了自己的故鄉做戲。

●**品**：而且，我其實好喜歡台北，我覺得台北孕育了一點我的世界觀，高中的時候會覺得，「好東西全都在台北」。以前訪問阮劇團的人，常常會說我們是「放棄台北」，可是我不喜歡被這樣講。我覺得大家自然而然地，會移動到自己喜歡的地方，找到讓自己感到安身圓滿的地方。

Q 時代變遷，現在不只是南部，台語文化漸漸在各地被重視。阮劇團一開始就以台語爲重要精神價値，在此刻，是否更被社會放大檢視？或者，你們是否也會如是放大檢視其他台語作品呢？

●J：我個人的觀念是這樣子：要在一個作品中投注多少，取決於你的資源到哪裡。如果有一些朋友沒經驗，資源也有限，台語做得不好，那是不得已，那都沒關係；但是，假設一個一千萬元的製作，團隊卻沒辦法花十萬元去找一個台語指導，導致台語做得不好，那就不是不得已，而是團隊自己的選擇了。

前面 Vivian 說過，西方人很少談論英文標不標準，那為什麼台語不行？我覺得「腔調」與「傷痕」是兩個概念，一來現在推廣台語也會鼓勵保留各地腔調；二來英語並沒有受過傷，但是台語是失落五十年的語言，它是個受過傷的語言，所以現在很多人想把它救回來。至於挽救的過程，像我是和善推廣派，認為講不好沒有關係，我也不敢說自己講得多好，只要我們都想幫助這個語言就好，可是也有很多「衝組」（tshiong tsoo）啊。

●**品：**鷹派的。

●**J：**對。一件大事情要推廣，一定會有鴿派跟鷹派，但是只要大家的方向一致就好。這就很台灣嘛！台灣有不同的政黨，不同族群來源，大家會吵架，可是我們都希望台灣更好。過程都吵吵鬧鬧，那就是民主的成本與價值呀。

●**Vi：**說起來，自從二〇一九年公視台語台出來之後，我們的確受到更多的檢視，開始有很多人會因為台語的使用問題，在我們的臉書上留言，這都是早些年沒有的。我們當然也更嚴謹以待。這或許也是我們期待這本書出版以後所

帶來的影響吧。文字是會保留下來的，舞台劇也是一種文本。老實說，《熱天》二〇一七年到臺灣戲曲中心、二〇一九年到雲門演出時，身邊就有很多戲劇老師傳訊息給我，希望我們可以出劇本書，覺得這是很好的教材。畢竟，以往在學校上課，使用的都是華語劇本，或者西方直譯，沒有太多的文化轉譯，學生對西方劇本的距離有點遠。那些年聽老師們這樣回饋，就發現原來我們好像做到了些什麼，只是當時能量確實還不夠。後來慢慢的，有的演員主動去考台語檢定，大家讀劇本的時候……

●J：就不用再聽我的錄音了啦，演員都可以直接看台文字了。

●Vi：對，這些都是轉變。包含二〇二三年在北藝中心的《熱天》也是，我們一共演了八場，有四場沒有字幕，兩場華語字幕，兩場台文字幕。一樣的事情，同樣的字幕選擇，對照二〇二一年在兩廳院演出《十殿》那次，整體環境還沒有那麼成熟，有些人走進來發現是台文字幕，說我們是台語霸權……

●J：就予逐家罵矣。

●Vi：這次《熱天》就沒有人罵。

●品：但其實我們做了跟《十殿》一模一樣的事。

●J：前後才差兩、三年而已，改變就這麼大。

《熱天酣眠》劇照。

《愛錢 A 恰恰》劇照。

●**Vi**：對。說實話，這次雖然不多，不過事後也還是有人反應，覺得：「為什麼要有台文字幕？」但是這一次，面對這種回應，我們已經知道為什麼要這麼做。無字幕場占半數，是表示我們一向鼓勵觀眾找到並運用自然語感。

●**J**：因為兆謙有個信念是：「對戲劇有興趣的人可以來學台語；對台語有興趣的人可以走進劇場。」

●**Vi**：華語場是照顧不懂台語的觀眾，帶有邀請、歡迎的心情；台文場就是肩負著十年前開始做台語戲劇、推廣台文的使命在，這也有著大家對我們的期待。

●**J**：說到台文字幕，早期阮劇團的劇本，也都是用火星文拼湊的。

●**品**：像是「怎麼這樣」，我們那時候寫成「那A安捏」（正字為「哪會按呢」）。就是火星文。

●**J**：可是，如果我們到現在還是用火星文去表現台語的話，會對不起所有的台語前輩，實在交代袂過（難以交代），他們真的給我們很多的幫助。

●**品**：這件事情給我的感覺，跟前面談到的「莎士比亞」、「西方經典」都很像。我發現，面對大家想去挽救的東西，越是想把它這樣捧著，它就會越來越脆化。所以我喜歡把台語——有點像是打網球那樣子——拋到空中，然後也讓它落地跟土地摩

擦；當然，你也要好好地拿著它，用好的知識去推動它。

台語是ＪＪ母親的語言，是Vivian家裡的聲音，也是我的好朋友。對，是朋友，它不是我的母語，但是因為它太好玩了，所以我想要接近。

我後來都是以這樣的心態去接觸台語，是因為這樣，才開始覺得這個語言能夠活下去。台語邀請了我，讓我知道它不是高高在上的，它不是脆弱到不行、穿著禮服被放在博物館裡面的那種東西。

至於我們做台文字幕，也是一個很大的邀請。我們給出一份邀請卡，歡迎你來，讓我們一起來享受一下這件事。這就是我現在面對台語的心情。

後記

訪談末了，JJ靠近，補充說明，解釋自己待在阮劇團長年寫作劇本，進行文化轉譯工作的原因有很多，卻大抵單純，「我想讓你們看看，我家鄉的海有多美。」

他說，前幾年阮劇團到羅馬尼亞、愛丁堡演出《熱天》，走到歐洲，那是莎士比亞的大本營，難免心頭一緊，有種在關公面前耍大刀之感，「就像美國人來台灣用英語演林投姐的故事一樣。」他說。未料落幕以後，佳評如潮。

JJ忖度，到底是什麼原因讓他們喜歡？思來想去，約莫還是台語「八調」的鏗鏘節奏，能讓莎劇在同樣的骨幹中，翻出不同的新意。「台語給我的感覺就像是，記錄下我家鄉的海景。如果你聽了覺得很美，那是因為真實的海更美。至於從小生活在這片海的我，知道那片海最原本的樣子，我也想讓你看見。」

這種「想把一片海洋送到你的面前」的意念，與蔡明純口中「劇團肩負的使命」，以及余品潔所謂的「有時候好氣自己仍舊懷抱希望」，皆能貫通。

好氣、好笑、好想讓你看到，這興許是從嘉義長出來的阮劇團，面對此般堅硬的世事，所能給予最柔軟、最執著的展現了。

當酣眠夏夜 南移三十緯度

《熱天酣眠》的民俗狂想

●温宗翰　民俗亂彈執行編輯

《熱天酣眠》（以下簡稱「《熱》劇」）是阮劇團向莎士比亞《仲夏夜之夢》（以下簡稱「《仲》劇」）致敬的改編劇作，常有言道「戲劇源自於生活」，要從北緯四十九度至五十九度間的英國，來到二十三．五度至二十六度間的台灣演出，相距三十緯度之遙，不只相對更為炎熱，社會文化與價值觀也有差異；要想讓台灣人觀賞戲劇而與莎翁神交，切合生活思維就顯得重要。

阮劇團向來是「很民俗」的劇團，也就是懂得融入在地生活。成員們學習八家將、北管、布袋戲與歌仔戲，穿梭在廟口與劇場間「搬戲」，用心挖掘日常生活中的台灣文化養分；要想穿透土地，改編半個地球外的劇本，演成「台劇」，肯定也如「桌頂拈柑」般容易。不難發現，《熱》劇實際上就是以《仲》劇為經、台灣文化為緯，交織出看似熟悉但仍充滿奇幻異想的民俗世界。

群妖變諸神　凸顯台灣信仰特色

台灣化的《熱》劇，用「民間信仰」替換「妖精世界」，藉此展開一段玄妙神奇的愛情喜劇。歐洲民間傳說有名的妖精王奧伯隆（Oberon），在《熱》劇裡被替換為「山神」，取名為「張福地」，由此可知，是以民間信仰時常可見的「山神、土地」，作為角色改編的投射對象。

山神、土地雖是兩位相異神祇，但在民間信仰裡，除了儀式需求外，民眾經常會混淆兩神為一體，無論山、林、園、田等處皆見，並多以土地信仰為主體。俗諺說「田頭田尾土地公」，意指腳下所能踩踏之處，皆屬土地公管轄庇蔭；民俗思維設定祂是位慈善親人的白鬍子老人，既能協助萬物生長，並也賜予人間財富，傳說人們往生後，更是由

土地公帶領去到陰曹地府。若仔細觀察，無論傳統墓葬或現代納骨塔，土地公永遠常伴左右，可說是陪著台灣人經歷生老病死、年節慶典。這種形象與西方妖精王奧伯隆形象迥異，卻能關照台灣民俗特色，正是阮劇團為《熱》劇所埋下新世界觀的關鍵。

　更有趣的是，一般民間信仰認為，土地公有位「勥跤」（khiàng-kha，能幹）的伴侶——土地婆，這對神仙眷侶性格相反，有人說

土地婆自私、吝嗇又暴躁，十足管家婆形象，與心軟的土地公形成差異。因此，一般民眾較少拜土地婆，更有說法認為，每月初二、十六是土地婆回娘家的日子，故要趁此時到廟裡拜土地公，才能避開土地婆，讓心軟的土地公為你實現求財心願。

《熱》劇並未挪用土地婆來替代妖精王后緹坦妮雅（Titania），否則，若按照民俗邏輯發展，這齣戲最終恐會演成「家庭武打劇」，張福地就要吃盡苦

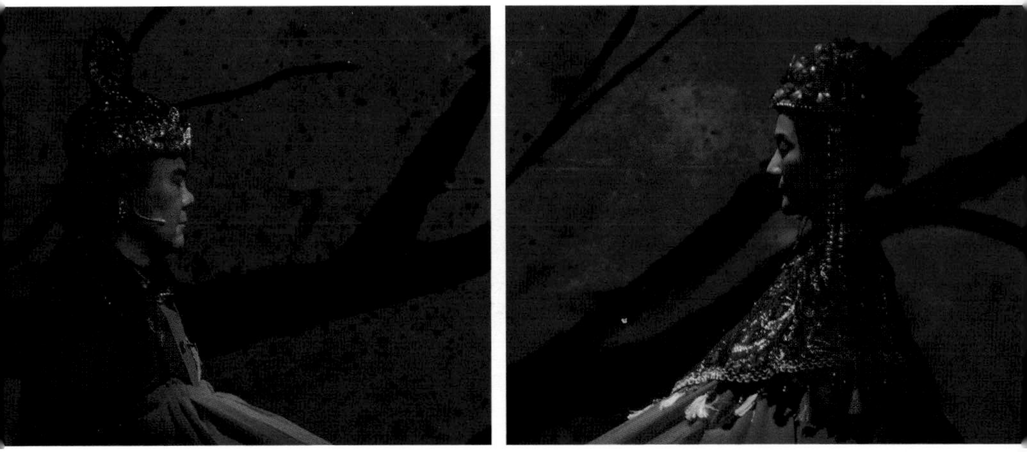

頭，喜劇變悲劇了。編劇巧妙地借用另一位台灣人耳熟能詳的海神——林默娘，來誘發觀眾對角色的熟悉感，劇中稱為「默海媽」。

媽祖是因台灣及鄰近海島設治、移民經驗，而被冊封為「天后」，象徵著女性最高層級的「地位」，影響至今，仍是民間信仰的潮流女神。清代曾有文獻記錄，說在海上遇難時，若要呼請媽祖前來相救，斷不可稱其為「天后」，不然祂需要依照禮制，穿金戴銀、梳妝打扮後才能抵達現場；所以要直呼「媽祖」，就沒有這層顧慮，可以隨呼即到。由此可見，媽祖在海上救苦救難的信仰心靈，同時也能看出人們與祂之間的親近性。

不過，媽祖普遍獲得崇信，不單純只有守護航海，也包含移民在台灣「土著化」*後，

＊ 土著（ㄓㄨㄛˊ）化（indigenization）是指，台灣的漢人社會從「移民社會」（immigrant society）向「土著社會」（native society）轉變的過程。

媽祖轉型為控制雨水、守護作物的農業之神，另也有協助婚配、保護嬰幼兒及婦女等信仰神蹟誕生，晉升為台灣人的萬能女神。

有關媽祖的擬人化傳說甚多，其中，特別提到祂曾與保生大帝有一段「無緣的感情」，《熱》劇捨去這段感情糾葛的故事，循著原著妖精王與后之間鬥智燃情的劇情結構，讓媽祖以海神形象與山神張福地對手，醞釀隱隱約約的情絲糾葛，角色看起來是像媽祖又不像媽祖，倒是讓「默海媽」活出台灣版的妖精王后，與山神張福地對應，顯現出台灣島嶼山海共生的特徵。

至於原著中，那位搗蛋作弄人，擺布愛情世界的小精靈帕克（Puck），則被替換為「好爺」（hó-iâ），從諧音可以發現，就是以台灣各宮廟常見的下壇將軍「虎爺」（hóo-iâ）為改編投射對象。虎爺是精怪成神，民間信仰原視其為孩童守護神，同時也經常有捉鬼降妖的傳聞，晚近更被賦予「咬錢」的財神信仰功能。在《熱》劇中，混合了帕克的性格，成為目空一切、瀟灑自在、頑皮趣味的小精靈；錯點鴛鴦卻又能及時修正的表現，雖是與原著呼應，卻也演現出台灣人相信「姻緣天注定」的民俗思維。

《熱》劇的改編，讓台灣民間神靈某些特徵顯現，卻又不指明說破，人物塑造與常見神性作了些區別，營造一種既熟悉又陌生的氣氛；這除了有利於觀眾進入戲劇的獨立世界，營造新奇感外，其實也是對真實世界民間信仰諸神的一種尊重，以免混淆戲劇與真實世界的神靈，進而保留思考空間給觀眾。此外，莎士比亞在《仲》劇中，其實也借用大量歐洲民間傳說、有關精靈世界的真實故事，再用陌生化手法，改寫角色形象；阮劇團此等重編，則採用民間信仰諸神，頗有用台灣傳說向莎士比亞致敬的效果。

仲夏節在台灣

原著《仲》劇主要時間設定，是在「仲夏節」（Midsummer），又稱「聖約翰節」（St. John's Day），這是個跨越夏至前後，充滿歐洲本土儀式色彩的日子，尤以北歐特別盛行，是民俗學熱門話題。乍看下，每年依循「太陽」曆，在六月二十一日前後舉行的夏至節日，似乎與慣用「月」曆的台灣傳統節慶無關；但其實，夏至作為日最長而夜最短的那一天，且與冬至日相反，不僅是人類社會最早發現的兩個節氣，也是全世界許多民族共有的民俗節日。

台灣以漢文化為優勢社會，延續漢民俗傳統，與夏至最相關者即為重五日，現代慣稱為「端午節」。但，其實在台灣話脈絡裡，無論客語或台語，慣稱端午節為「五月節」，標舉著這個涉及節氣的慶典，不單純只存在農曆五月五日。傳統農業時代，端午節多是在芒種跨入夏至之時，頭尾儀式甚至可以橫跨半個月之久，若稍稍比對農民曆，即可發現端午節常出現於夏至前夕，俗諺云：「袂食五月粽，破裘毋敢放。」明確指出夏至前

的端午節，正是一個趨向氣候穩定的節日。

端午節最知名的慶典儀式是龍舟競渡，如今所見，大多是受威權時代官方民族主義影響，改為體育競技，並維持在農曆五月五日當天。但早期舉辦「扒龍船」是為要藉此祈求風調雨順、不生水患，讓作物得以生產順利，時間點選擇在稻穀剛成熟還未熟穗前，下水一戰可以是四天、六天，甚至長達十二天之久。稍稍比對曆法，就是端午節前後，對照陽曆也正是進入夏至前或正逢夏至日。

台灣的仲夏節除了競渡這等水邊行事，還有「插青」習俗，取榕枝、芙蓉（艾屬植物）、艾草、香茅、雞冠花等，結成一束插於門上，用以驅趕邪祟，祈求衛生保健功能。這點倒是與《仲》劇中，帕克拿著三色堇花汁去施法，顛倒眾男女愛情觀的情節不同，卻都顯現出，在夏季節日裡，某些民俗植物其實普遍地被人們賦予特殊的信仰功能。只是，台灣端午節長期被政治力介入，導致人們對此節日的依存感並沒有那麼強烈，或正因如此，阮劇團在《熱》劇中的時空建構，就捨棄了五月節習俗概念的結合。

虔供濟幽的時空重建

《熱》劇中的時空背景，阮劇團鎖定處於某個夏季「做醮」之時。所謂做醮，是用以為地方信眾祈福禳災，向天地諸神靈讚頌功德兼及普度境內無主孤魂、追求冥陽兩利的儀典。除可依照目的而有清醮、慶成醮等稱呼，再據舉行日數來設定三朝醮、五朝醮或七朝醮等，顯現其儀軌的複雜制度。習俗上，有些地方年年做醮，也有分三年、六年、十二年一科的情形；無論如何，每逢做醮，往往都是全鄉、全鎮或全區總動員，尤其儀式中，有為祭祀天神而封山禁屠時，地方上需要茹素多日，不少鄉鎮是全面管制，即便是超商或麥當勞，也都會被要求不能販售葷食，可以說是生活中最隆重的祭典。

做醮時，地方上每個角落或各方位總是要張燈結綵，讓所屬生活空間每個角落都能充滿「聖靈」，無異於重新打造一個特殊時空環境；或正因如此，《熱》劇選擇設定夏日做醮，而不以五月節民俗來串接原著中的仲夏節，更能為觀眾打造一個特殊的時空感。這亦符合莎士比亞取用民俗改編創作，讓熟稔且感情濃厚的生活元素陌生化為舞台表現的特色，為觀眾們保留更多思考與想像空間。

●

總結來說，《熱天酣眠》運用許多台灣民俗元素來改編原著《仲夏夜之夢》，成功地營造具有台灣特色的「莎劇」：比如原著的劇中劇，也在做醮喜慶氛圍中，以台灣南管戲曲才能看見的《西廂記》作為替代產出；全劇音效伴奏，則以民間歌謠來畫龍點睛，營造濃烈的台灣味。全劇值得細細品讀之處實在眾多，囿限於篇幅，只能導讀至此，再請讀者盡快進到劇本中欣賞。

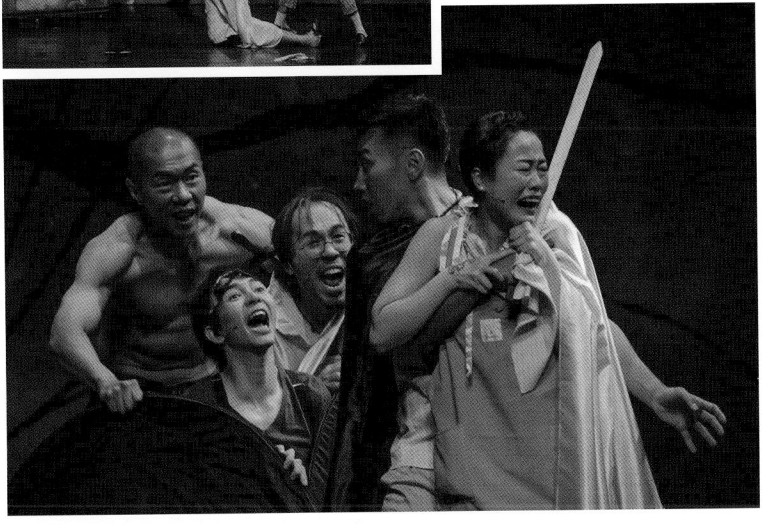

一種觀點

到底是愛錢的功用，還是愛錢本身？

《愛錢A恰恰》的金錢痴迷

●楊士範　關鍵評論網內容長暨共同創辦人

錢到底有多重要？在經濟學的角度上，錢是一種交易的媒介。在沒有「錢」以前，以物易物的效率太低。麵包師傅做好的麵包要交換一台車，需要提供車商多少麵包？中間可能還要多次轉手，所以開始有了類似金錢的概念。透過這種《人類大歷史》作者哈拉瑞筆下「群體的想像」，我們更容易進行交易。

當然，這種交易不只是買賣物品，還有買賣服務，甚至買賣婚姻。

多數現代讀者應該都會想像婚姻是神聖的，婚姻應該要有愛情為基礎。但從古至今，各地都有嫁妝和聘禮的習俗，前者是在結婚時，跟隨女方一起到男方家的禮物或禮金；後者則反之，由男方提供禮物或禮金給女方，概念上有點像是補貼對方的損失。

當然這整套系統現在看起來有點太過父權主義，而且好像是真的在進行買賣。但我相信如果問問在五〇到六〇年代左右出生的

人，聘金和嫁妝，應該是非常常見的習俗。即便不算是買賣，但依然難免有股金錢味在裡面，因為家境差異、對於嫁妝或聘金認知和期待的不同，導致結不成婚或婚姻失和，相信過去大家應該時有所聞。

這也帶出了《愛錢A恰恰》中最愛錢的角色高金土，如何操作他自己和一對子女的婚姻，確確實實地以婚姻來進行交易買賣。

●

談到嫁妝，在台灣讀者可能很快會想起台灣作家王禎和的經典短篇小說《嫁妝一牛車》。《嫁妝一牛車》小說談的主題是各種戲劇故事中常見的「貧賤夫妻百事哀」，以及被環境消磨意志的情況下，為了錢，無能為力的小人物會如何放棄名聲自尊，甚至能變成習慣。（順帶一題，阮劇團也曾經改編上演過《嫁妝一牛車》，非常精彩好看。）

而《愛錢A恰恰》則是阮劇團在二〇一五年改編法國喜劇泰斗莫里哀經典劇作《吝嗇鬼》的喜劇作品。《吝嗇鬼》創作於一六六八年，至今已經超過三百五十年，但整體來說，家庭親人之間的衝突和互動，再加上世俗絕對看重的「金錢」，以及阮劇團接地氣的台語對白，都讓這個改編劇本顯得日久彌新。

《愛錢A恰恰》裡面高金土總共打算進行三樁婚姻。第一樁是他自己要娶一位年輕女子阿麗；第二樁是他安排自己的兒子利旺要娶一個有錢的寡婦；第三樁則是安排自己的女兒阿女嫁給一位有錢人洪獅木。

第二樁和第三樁婚姻各位應該看得很清楚：安排兒子娶有錢的寡婦時，高金土已經挑明了說對方會把所有財產都帶過來。第三樁婚姻他幾乎等於是賣女兒了，當天晚上就要嫁給對方，因為他「定金已經收了。」而且還強調：「你人過去就好，免嫁妝，免嫁妝呢。有聘金可收又不用出嫁妝。」

第一樁婚姻則是他自己想要娶年輕貌美的阿麗當續絃，只是阿麗剛好是他兒子的戀愛對象。原先他兒子是擔心阿麗家裡太窮，沒有辦法提供嫁妝，高金土會不同意這樁親事。沒想到變成是爸爸自己要娶阿麗，自然是晴天霹靂。

當然，你可能會好奇，這麼愛錢如命的高金土，難道真的看上人家阿麗年輕貌美，嫁妝就可以不要了嗎？

其實他還是捨不得。所以即便已經找媒人去談了婚事，也知道阿麗家裡窮，但還是希望對方準備嫁妝。這個媒人金寶姨也是厲害，說阿麗很節儉，東算西算，說「就算沒嫁妝，也至少現賺兩千萬以上」。

這種「少花為賺」的道理，其實大家都可以理解，但高金土也妙，說道理他懂，但是又執著於：「把以後不用花的錢當作嫁妝，就好像有人說要送東西來，但是沒拿到東西就叫我先簽收據，怎麼能接受？」

●

講到這個份上，大概也知道，這個高金土真的有夠愛錢。

但高金士愛錢，並不是用金錢來買他想要的東西，不管是權力、物質享受等。一般人賺錢或是想要有錢，想要的是錢背後象徵的意義，比如說美食、好酒、豪宅、名車、精品、頂級服務。或是透過金錢能夠感受到的權力，比如說被尊敬，被奉承，因為其他人想要從有錢人身上得到金錢。

但高金士沒有，你在劇中幾乎無法理解他累積這些財富要做什麼。

我們都知道錢財乃身外之物，生不帶來，死不帶去的道理。實踐這個概念最徹底的人，可能不是從微軟退休之後活躍於自己基金會的比爾蓋茲，也不是承諾捐出超過九十九％財產的股神巴菲特。而是被《富比士》雜誌稱為「慈善界的詹姆士龐德」的查克·菲尼（Chuck Feeney）。

我是在他的傳記《天堂裡用不到錢》中讀到他的人生故事。身為全球知名免稅商店ＤＦＳ的共同創辦人兼大股東，他靠著ＤＦＳ在全球市場賺取了高額的利潤。尤其是在二十世紀的九〇年代，整間公司每年的利潤高達三億美元，而且因為ＤＦＳ一直是間未上市私人公司，所以所有的利潤都只有四個股東分配。可以想像持股三十八．七五％的菲尼是如何靠著DFS快速累積鉅額財富。

但其實他從一九八二年就成立了大西洋慈善基金會，並在一九八四年把DFS股份轉讓給這個慈善基金會。然後他開始祕密地對各大學、慈善機構持續捐款並且要求受款者不得透露捐款來源。我們知道很多人捐錢給學校或公部門蓋大樓，會希望能夠有個以自己為名的建築，但菲尼完全沒有這樣做。

那本傳記中描寫，他希望除了留一些資產給家人之外，能把其他所有自己累積的財富，在生前全部捐出去。而這個心願在二〇一六年底完成了，他那時候完成最後一筆七百萬美元給母校康乃爾大學的捐款。二〇一七年《紐約時報》報導這件事時，提到他個人淨資產略高於兩百萬美元，住在舊金山一間租來的公寓裡。兩百萬美元以一般人的生活標準來說當然已經算非常不錯，但根據報導，他總共捐出了八十億美元。並常常說要在活著時候善用你的錢做善事，因為「裹屍布上沒有口袋」。

因為菲尼知道：一個人有多少錢不重要，重要的是我們能夠用這些錢做出多少事情。

他在二〇二三年十月去世，享耆壽九十二歲。

相較於菲尼，我們大概可以把高金士看成完全另外一個極端。他除了透過安排自己子女的婚姻來累積更多財富，他還透過放極端誇張的高利貸來累積不義之財。他借錢利息從「九出十三歸」[1]，透過各種方式，變成「五出十七歸」[2]，利息高達二百四十%。

裡面還有幾段描述他對於錢的痴迷和擔心。包含兒子利旺的助手雞毛只是站在客廳裡面等利旺，高金士就認為對方要偷他東西。兒子和女兒來找他，他竟然認為兒女聽到他把寶藏藏起來的地方，而一直懷疑親生子女。由此可見，他這個人，是真的把金錢看得比親情還要高。

1. 「九出十三歸」：借款者借 100 萬，只實拿到 90 萬，但在 30 天還款時要還共 130 萬。

2. 「五出十七歸」：借款者借 100 萬，只實拿到 50 萬，但在 30 天還款時要還共 170 萬。

他對於錢，甚至可以說已經不只是愛錢，而是「迷戀」錢了。

你幾乎可以說他愛的不是一般人對於錢的想像，而是錢本身。某種程度上有點像是蒐藏物品，只是他蒐藏的是錢。

當然，劇本本身是個喜劇，所以最終還是一個喜劇結尾。只是當我們看著劇裡面令人捧腹的情節，聽著有趣且常帶有俗語組合的台語台詞，最終結束時，除了有情人終成眷屬，而且看來兩對年輕人的婚禮都有洪獅木大老爺買單之外，會不會有人想得通：所以，高金土到底「蒐藏」那麼多錢要幹嘛？

創作者言

用常民的台語，講世界的經典

●MC JJ，嘉義民雄人，阮劇團副團長，《金水飼某》、《熱天酣眠》、《歹國party》、《馬克白 Paint it Black!》、《愛錢A恰恰》、《嫁妝一牛車》、《台灣有個好萊塢》、《泥巴》、《十殿》、《熱帶天使》、《天中殺》等劇台語翻譯。

可能年久月深，隨人記持[1]無仝，若是欲講起阮劇團為何會來做台語創作，逐家記持攏有出入，想講趁這个機會，就共我記持當中的過去，佇遮做一个記錄。

感謝觀眾來引焘[2]，予阮揣[3]著這條線

早前劇團咧做戲，真自然是台語華語攏有，一直到品潔讀台北藝術大學的畢業製作《開放配偶》的時，兆謙認為真適合佇嘉義演出，逐家就做伙共戲齣加入愈濟[4]嘉義的元素，加上人講嘉義是「民主聖地」（林瑞霞老師是講「民主起性地[5]」），彼時阮就加入愈濟「民主」的元素佇內底，自然而然，就有愈濟台語的元素加入去。

---

1. kì-tî，記憶。
2. ín-tshuā，指引、帶領。
3. shuē/tshē，尋找。
4. tsē/tsuē，多。
5. khí-sìng-tē/tuē，發脾氣。

這齣改編自義大利的《The Open Couple》，品潔佇台北藝術大學演出的華語版叫做《開放配偶》，佇嘉義的版本就號做《民主夫妻》，而且一路台語的元素愈來愈濟，阮因為有經過台北的現場，感受著佇嘉義演出的時陣，便若每次佮「嘉義」抑是「台語」有關係的站頭[6]演出來，現場觀眾的反應就特別好，這時阮才知「原來嘉義的觀眾興這味」。

彼當陣是二〇一〇年，阮劇團的第七年。這馬[7]想起來，其實是嘉義鄉親的反應，引毛阮去做台語。

●

來到二〇一一年，我因為機緣熟似吳念真導演，聽伊講一个伊細漢時的故事。伊講伊細漢蹛瑞芳山頂，庄跤無電視通看，序大人攏是聽 radio，個老母佮老母的姊妹仔伴，攏真愛聽一个暗頭仔[8]放送的節目。節目內底的播音員會講故事，故事

6. tsām-thâu，歌仔戲用語，指劇情段落。
7. tsit-má，現在。
8. àm-thâu-á，傍晚。

逐工相連接，袂輸這馬電視頂頭的連續劇，而且彼廣播的故事非常精彩，背景攏佇台灣，使用的語言當然是台語，畢竟彼當陣台灣的一般民眾，無偌濟人聽有華語。

毋過吳念真的阿母佮阿母的姊妹仔伴，無法度逐工聽，因為有時愛作穡[9]，有時庄頭有人家辦喪事，個愛去喪家鬥相共[10]。便若拄著這款狀況，個就會交代囡仔時的吳念真，叫伊留佇厝裡聽，等阿母個無閒煞轉來到厝，才換囡仔時的吳念真，講予遐的序大聽。

吳念真講，伊彼當陣攏愛聽甲誠斟酌[11]，因為若講毋著去，會佮昨的劇情連袂起來，阿母佮阿姨個就會隨[12]喝[13]講：「你是有認真聽無啦！」致使[14]遐的故事，伊攏記甲誠清楚。

一直到伊大漢，會家己揣冊來看，有一工伊看外國的翻譯小說看到一半，才雄雄發現：「啊！原來我細漢聽過的廣播劇，是《基督山恩仇錄》！是《三劍客》！」伊才知影原來，早期台灣的播音員，會看外國的小說，然後共改做台灣的背景，閣用台語來講予台灣人聽。

我聽過這个故事了後，就想講：「小說會當按呢，舞台劇應該嘛會使。」加

9. tsoh-sit，工作、幹活。
10. tàu-sann-kāng，幫忙。
11. tsim-tsiok，特別仔細專注。
12. suî，即刻、馬上。
13. huah，大聲喊叫、喝叱。
14. tì-sú，導致。

上彼當陣綠光劇團的先輩，佮我分享佃製作戲齣的過程當中「跤本」[15]的重要、「倚近民眾生活經驗」的重要，閣有進前阮佇嘉義演《民主夫妻》的時，嘉義鄉親予阮的反應，我就佮兆謙參詳講「明年的劇本我來處理」。

因為我的戲劇啟蒙老師呂毅新，早前捌[16]共我鼓勵講，我可能真適合做「黑色喜劇」，雖然我毋知影啥物是「黑色喜劇」，嘛是行入去當初時淡水的金石堂冊店，揣看敢有笑詼齣的劇本。彼工就予我揣著一本桂冠出版社的《莫里哀喜劇六種》，買轉去了後我自頭開始看，第一齣就叫做《妻子學校》。我看這應該無問題，就開始欲學台灣早期的播音員，共外國的經典改做台灣的背景，而且用台語來呈現。

無做毋知，一做落去才知影代誌大條矣。原來劇本的翻譯，毋是共「你好嗎？」改做「你好無？」按呢就準拄煞[17]，閣有文化佮背景的轉化，猶閣有我完全袂曉的「劇情（站頭）的安排」，硬做做到看時間袂赴[18]矣，就閣轉去揣兆謙參詳講：「慘矣，愛討救兵啊！」

天公有保庇，阮拄好佇彼當陣，經過編劇邢本寧的介紹，才知嘉義有一个拄留學轉來，提過台灣文學獎的編劇——吳明倫，伊人現現就踮佇嘉義。我就佮兆

---

15. kha-pún，腳本、劇本。
16. bat，曾經。
17. tsún-tú-suah，算了。
18. bē/buē-hù，來不及、趕不上。

謙去拜訪吳明倫，共伊說明阮的困難了後，明倫當工[19]就爽快答應講，伊願意試看覓。

就按呢，阮佇二〇一二年就用《妻子學校》，改編出全台語版的《金水飼某》，嘛開始我佮吳明倫，一年合作改編一齣世界經典——伊出台灣華語版、我共翻做台灣台語版——的這條跤本生產的道路。

甚至到後一年的二〇一三《熱天酣眠》，演出了後毋管是先輩的戲劇評論，抑是現場觀眾的反應，攏予阮愈來愈有信心，嘛愈相信講，這條路，總算是予阮揣著矣。

特別感謝一起頭觀眾的引𤆬，閣有一路上參與佮幫助阮的人，這是咱做伙完成的戲齣，嘛是咱做伙揣著的路線，希望未來，咱會當繼續做伙行。

19. tng-kang，當天。

各界先進相放伴，助養序細[20]代代湠[21]

蒙古人佇無文字的時陣，消滅宋帝國成立元帝國，彼當陣的蒙古人占領全世界上大片的土地，無文字的蒙古人為著欲紀錄個的歷史，出現第一本用漢字記錄蒙古歷史的冊，叫做《忙豁中侖．紐察．脫卜察安》。彼是用漢字—蒙古語去記錄彼當陣的代誌，你若共「忙豁中侖．紐察．脫卜察安」十个字硬唸出來，用蒙古語落去理解就是《蒙古的祕密書冊》抑是《蒙古祕史》。

就親像咱這馬用漢字—華語去寫英文的「Holmes」，會變成「候爾摩思」，若用漢字—台語去寫英文的「Holmes」，才會變成「福爾摩斯」；這馬咱慣勢用「福爾摩斯」，彼是因為東方第一个翻譯《Sherlock Holmes》的人，是用漢字—福州話共翻做《歇洛克．福爾摩斯》的。

香港作家金庸就是知影《蒙古祕史》的這件代誌，才共《射鵰英雄傳》內底的《九陰真經》上重要的部分設計做漢字—梵音，致使歐陽鋒功夫烏白練，尾手[22]家己共家己逼甲起痟。

20. sī-sè/suè，晚輩、後輩。
21. thuànn，蔓延、擴散。
22. bué/bé-tshiú，最後，手中剩下的。

阮劇團的台文系統，佮《蒙古祕史》仝款，攏有經過這款《忙豁中侖・紐察・脫卜察安》的「火星文」時期，彼當陣演員若是干焦[23]看劇本，無聽我另外提供的錄音，彼款痛苦，絕對無輸歐陽鋒。

阮會開始用漢字—台語這个系統來紀錄劇本，甚至規个[24]團隊對外攏用漢字—台語的「台文正字」，就是因為《愛錢A恰恰》這齣戲的機緣。

《丏國 party》劇照。

佇二〇一二年佮吳明倫合作的開始，到二〇一三年因為《熱天酣眠》的成功，二〇一四年阮推出改編法國 Alfred Jarry 的《烏布王》，共改做全台語版的《丏國 party》；到二〇一五年又閣再一次挑戰法國的莫里哀《吝嗇鬼》，共

23. kan-na，只有、僅僅。

24. kui-ê，整個。

改做全台語版的《愛錢A恰恰》。彼幾年的累積當中，愈來愈濟人看著團隊用台語的演出，才予阮會當拄著「台語里長伯」鄭順聰，閣有一直合作到今的台語指導oo-liân老師（林瑞崐），是因為這幾个台文前輩的提醒佮引𤆬，阮才有彼个知覺，一步一步行入去漢字—台語這个系統，予阮創作的劇本會當盡量透過文字，去保留阮彼當陣想像的舞台聲音。這馬想起來，𪜶就是引𤆬阮劇團對「火星」降落到「地球」的「太空中心」。

除了台文—台語指導的加入，佇製作《愛錢A恰恰》這一年，兆謙嘛開始邀請「戲劇顧問」加入製作，這對半路出家的我來講，實在是真大的幫贊[25]，佇開始翻譯進前，就有戲劇顧問替阮上課，紹介原戲齣當初時佇國外搬演的背景，這予阮佇翻譯的過程當中，定定[26]會當揣著，愈媠

25. pang-tsān，幫忙、幫助。

26. tiānn-tiānn，常常。

氣[27]的切入路線。

另外，負責台語翻譯的我，野心嘛愈來愈大，佇《熱天酣眠》有「雅」的成功了後，每一擺欲翻一个新劇本，我就攏會想欲先揣出彼个劇本的「主調／節奏」，比如二〇一四年《丏國 party》，我想欲表現台語的「荒謬」。到二〇一五年《愛錢A恰恰》，我一時煞掠無劇本的節奏，一直到彼一年的草草戲劇節，我愛去嘉義高鐵站載王友輝老師佮于善祿老師（我定定會趁佮眾老師見面的時陣，要緊共個請教問題），這兩个老師一上車坐佇後壁，我車那起行就那共老師講：「老師我最近咧翻《吝嗇鬼》，一直掠無語言的節奏。是講先不管啦，我先悉恁來食『火雞肉片飯腿肉帶皮蒜蓉較濟加卵包半熟』。」

想袂到我話一下講完，後壁彼兩个老師煞同齊[28]講：「這就是《吝嗇鬼》！！」然後一路上，個兩个就開始為我解釋，《吝嗇鬼》的語感，才予我揣著《愛錢A恰恰》的台語節奏：「逗」。嘛是因為按呢，戲齣內底才會有彼幾个盤喙錦[29]（貫口）。

就按呢，二〇一三年《熱天酣眠》做台語的「雅」，二〇一四年《丏國party》做台語的「荒謬」；二〇一五年《愛情A恰恰》做台語的「逗」；二〇一六年《馬克白Paint it, Black!》做台語的「悲」；二〇一八年《嫁妝一牛車》

27. suí-khuì，精采完美。
28. tâng-tsê，同時一起。
29. puânn-tshuì-gím，繞口令。

做台語的「野」；一直到二〇二一年《十殿》的翻譯，是我個人對吳明倫的致意，感謝這个戰友佇這幾年來的陪伴佮付出，我就佇伊的大作《十殿》內底，共台語的「雅」、「荒謬」、「逗」、「悲」、「野」等等，共無仝款的節奏主調，分配佇無仝款的段落內底。

這馬，我總是感覺，人生佇「台語翻譯」這一塊，已經行到一个段落，除了整個大環境漸漸好起來，後面浮出頭的少年家嘛愈來愈濟，而且英雄出少年，我就親像自細漢佇海邊大漢，自然就會曉游泳的中年人，個可能無海邊的環境，毋過有意識請教練對零開始學，用比我閣較正確的方法佮姿勢，這馬攏比我閣較敖泅水矣，這是一件予我真快樂的代誌。

當然，阮會當行到這一步，除了頭前有講著的先輩以外，這是整個頂一代戲劇人佮台語人的付出，阮劇團才拄會著這个好時機，嘛望請眾位有志，咱閣繼續——拚落去！

錄

《熱天酣眠》首演演職人員名單

2013 年 11 月 2 日 (六) 13:30
阮劇團首演於嘉義縣表演藝術中心實驗劇場

■製作人……汪兆謙
■執行製作……林靖雯、蔡愷庭
■執行製作助理……王俊皓
■導演……陳信伶
■劇本原著……莎士比亞
■劇本改編……吳明倫（華語）、MC JJ（台語）
■台語指導……MC JJ
■演員……王俊皓、余品潔、李佶霖、高偉哲、陳彥達、陳盈達、陳婉婷、張釋分、彭浩秦、詹馥瑄（依姓氏筆畫排序）
■舞台監督……馮琪鈞
■舞台設計……鄭烜勛
■舞台技術指導……高至謙
■燈光設計……吳柏寬
■服裝設計……徐靖雯
■音樂設計……黃如琦（吉尼）
■平面設計……李銘宸
■宣傳影像……陳允山
■宣傳照攝影……蔡坤龍
■劇照攝影……黃煚哲
■導演助理……李孟寰、朱正中
■樂手……陳怡安、林宏宇（大雨）
■工作人員……王柏盛、王芳寧、李銘宸、林楷豐、邱雅婷、周芸謙、陸秀儀、郭家伶、鍾家豪、歐若芃、蘇珮均、靳孟達、謝均安、謝榮翰、竇喬華（依姓氏筆畫排序）

附

歷年演出

- 2013/11/2-3 嘉義—嘉義縣表演藝術中心實驗劇場
- 2013/11/9-10 高雄—正港小劇場
- 2014/8/23 桃園—（廣達親子藝術節）廣藝廳
- 2016/11/19-20 嘉義—嘉義縣表演藝術中心演藝廳
- 2016/11/26 嘉義—家樂福文教基金會夢想舞台／朴子配天宮廟口場
- 2017/9/1-3 台北—（小劇場大夢想）臺灣戲曲中心小劇場
- 2017/11/4 彰化—（彰化劇場藝術節）員林演藝廳
- 2019/4/20 宜蘭—（家樂福文教基金會揪厝味藝術節《黑潮藝動》戶外特別場）中興文化創意園區
- 2019/4/26-28 台北—淡水雲門劇場
- 2019/5/11 台南—台江文化中心台江劇場
- 2019/5/18 雲林—雲林縣政府文化處表演廳
- 2022/3/11-13 台北—臺北表演藝術中心球劇場
- 2023/10/13-14 嘉義—嘉義市政府文化局音樂廳
- 2023/10/20-29 台北—臺北表演藝術中心藍盒子

錄

《愛錢A恰恰》首演演職人員名單

2015/11/7（六） 13:30
嘉義縣表演藝術中心實驗劇場

■藝術顧問……王友輝
■藝術總監……汪兆謙
■製作人……吳季娟
■執行製作……林靖雯
■導演……汪兆謙
■戲劇顧問……劉宛頤
■劇本原著……莫里哀
■劇本改編……吳明倫（華語）、MC JJ（台語）
■演員……余品潔、李佶霖、高偉哲、張丹瑋、張晅慈、許正平、陳盈達、陳婉婷、曾信裕、詹馥瑄、鄭順聰、MC JJ（依姓氏筆畫排序）
■導排助理……張晅慈
■舞台監督……柯辰穎
■舞台設計……鄭烜勛
■燈光設計……高至謙
■服裝設計……徐靖雯
■音樂設計／現場樂手……羅翡翠
■主視覺設計……王俐心
■宣傳攝影／劇照攝影……黃煚哲
■宣傳影像……龔姵燐

歷年演出

■2015/11/7-8 嘉義－嘉義縣表演藝術中心實驗劇場
■2015/11/14-15 高雄－衛武營藝術文化中心 281 棟展演場
■2019/12/27-29 嘉義－新嘉義座

附

阮劇團大事年表

二〇〇三

◆阮劇團創立。

二〇〇六

◆正式登記立案，為嘉義縣第一個現代戲劇劇團。

二〇〇九

◆進駐嘉義縣表演藝術中心，以嘉義縣民雄鄉為主要創作基地。

◆創辦「草草戲劇節」（第一年尚未正式命名，僅稱為「青年戲劇節」）。

二〇一一

◆開始「小地方」計畫，深入嘉義山線、海線偏遠鄉鎮，演戲給孩子們看。

二〇一二

◆「台語演經典」系列作品第一部《金水飼某》問世，於嘉義縣表演藝術中心實驗劇場首演。

二〇一三

◆「台語演經典」系列作品《熱天酣眠》於嘉義縣表演藝術中心實驗劇場首演。

◆「劇本農場」計畫開辦，結合「編、導、演、評、觀、製」，為鼓勵新銳劇作家自由揮灑故事的平台。

二〇一四

◆「台語演經典」系列作品《丐國party》於嘉義縣表演藝術中心實驗劇場首演。

二〇一五

◆臺北藝術節邀演《家的妄想》，於台北水源劇場首演。

◆「台語演經典」系列作品《愛錢A恰恰》於嘉義縣表演藝術中心實驗劇場首演。

錄

二〇一六

◆「台語演經典」系列作品、與日本東京的「流山兒★事務所」首次跨國共製計畫《馬克白Panit It, Black!》，於嘉義縣表演藝術中心實驗劇場首演。

二〇一七

◆臺南藝術節邀演原創歌舞劇《城市戀歌進行曲》，於台南新化大目降廣場戶外首演。

◆《馬克白Paint it, Black!》獲邀於羅馬尼亞「錫比烏國際戲劇節」演出。

◆劇本農場計畫孵育之原創劇本《水中之屋》於嘉義縣表演藝術中心實驗劇場首演。

二〇一八

◆創辦藝文展演空間「新嘉義座」，連年製作《十八銅人台語仙拚仙》。

◆「台語演經典」系列首度改編台灣文學作品《嫁妝一牛車》，與日本「流山兒★事務所」二度跨國共製，於嘉義縣表演藝術中心實驗劇場首演。

◆《家的妄想》於愛丁堡藝穗節演出。

二〇一九

◆劇本農場計畫孵育之原創劇本《再約》受邀於二〇一八國際劇場藝術節、二〇一八新舞臺藝術節，於國家兩廳院實驗劇場首演。

二〇二〇

◆啟動「演員實驗室」定期招募儲備團員，以三年為期，循序漸進地培訓團員、儲備團員們，成為獨當一面的表演藝術工作者。

◆Podcast頻道《這聲好啊！》開播。

◆與香港「劇場空間」劇團共製，推出音樂劇《皇都電姬》，於台南新營文化中心首演。

二〇二一

◆第二屆國家表演藝術中心場館共同製作計畫《十殿》，獲邀二〇二一TIFA台灣國際藝術節、二〇二一NTT-TIFA歌劇院台灣國際藝術節，於國家兩廳院國家劇院首演後展開巡演。

◆劇本農場計畫孵育之原創劇本《香纏》獲邀「二〇二一戲曲夢工場」，於臺灣戲曲中心多媒體廳首演。

附

二〇二二

◆《釣蝦場的十日談》與旅法布袋戲大師楊輝合作，獲邀二〇二二TIFA台灣國際藝術節、二〇二二TTTF臺灣戲曲藝術節、二〇二二NTT遇見巨人，於嘉義縣表演藝術中心演藝廳首演後，展開北中南巡演。

◆阮劇團×香港「劇場空間」劇團《皇都電姬》升級再製。

◆國家兩廳院藝術出走《我是天王星》戶外台語歌舞劇於嘉義民雄早安公園首演後，展開全台巡演。

二〇二三

◆《FW: 家的妄想》獲邀香港第三屆紀錄劇場節，於香港兆基創意書院文化藝術中心多媒體劇場首演。

◆《陳文成的證明題》獲邀人權藝術生活節，於臺灣大學外語教學暨資源中心附設劇場首演。

◆「故事三輪車」計畫開辦，特製的故事三輪車，到各角落與兒童進行定時定點的台語故事分享和互動。

◆團內編導演員、教師，皆正名為「行動員」，原「演員實驗室」更名為「新本土行動」。